LA GACELA JULIETA NOS PONE A DIETA

Texto: Josep Maria Cervera

Ilustraciones: Jordi March

pirueta

Había una vez un lugar
muy lejano lleno de
animales y animalitos...

De entre todos ellos,
tres llamaban la atención
por su extraño comportamiento:
una gacela curiosa, un león
dormilón y un tigre barrigón...

Estos dos, tan pronto
como olfateaban a la gacela,
echaban a correr tras ella...

La repetida persecución siempre tenía el mismo desastroso final: el león se dormía por el camino, el tigre resoplaba de cansancio y la gacela Julieta los miraba alegremente desde una distancia prudente.

Un día, por fin, la gacela
Julieta, cansada de tanta
persecución, se enfadó
mucho con el tigre barrigón
y el león dormilón.

—Hagamos un pacto —les dijo—.
Si consigo que tú, león, no duermas
tanto y ganes agilidad, y tú, tigre,
pierdas algunos kilos y vuelvas
a ser rápido, ¿me prometéis que
me dejaréis en paz para siempre?

—¿Y qué tenemos que hacer
para conseguirlo? —le preguntaron
a una sola voz el tigre y el león.

—Muy sencillo —les dijo la gacela—.
No comáis sólo carne y pasteles.
A ti, león, te provocan sueño,
y a ti, tigre, te engordan
demasiado...

—Si comierais de una forma más sana y equilibrada, como hago yo, os encontraríais mejor y volveríais a correr y saltar mucho más. Comed frutas y verduras...

Al tigre y al león
no les convenció ese
extraño consejo.
Sin embargo
decididos a probarlo,
rugieron al unísono:
—¡De acuerdo,
lo intentaremos!

Y así fue como, además de su ración diaria de carne, el tigre y el león, aconsejados por la gacela, empezaron a comer frutas y verduras, alimentos que hasta entonces desconocían:

—Qué sabrosa es la naranja —decía
el león en cuanto la mordió.
—Y qué ricas las uvas —exclamaba
el tigre mientras las chupaba.

El efecto fue casi inmediato.
Al cabo de tres meses, ni el tigre
ni el león parecían los mismos:
eran tan ágiles y veloces
como la gacela.

–Gracias, gacela Julieta –rugían,
una vez tras otra, locos de alegría.

—Si no hubiera sido por ti, habríamos seguido soñolientos y barrigudos. Ahora, en cambio, nos encontramos más en forma que nunca.

—De nada —les contestó la gacela.
Pero recordad que, para mantener una
vida sana y equilibrada, es necesario
realizar alguna actividad física,
beber mucha agua y comer de todo.

Y así fue como la gacela, el tigre
y el león se hicieron amigos.

Para celebrarlo, a menudo se reunían
a comer juntos en medio del bosque
un menú bien variado.

Dedicado a María y a Carla

JMC

© Textos: Josep Maria Cervera

© Ilustraciones: Jordi March

Primera edición. septiembre 2010

© de esta edición: Libros del Atril S.L.

Av. Marquès de l'Argentera, 17, Pral. - 08003 Barcelona

Impreso por EGEDSA - Rois de Corella, 12-16, nave 1

08205 Sabadell (Barcelona)

ISBN: 978-84-92691-73-9 - Depósito legal: B. 20.312-2010